丘の上の非常口

岩崎迪子
iwasaki michiko

思潮社

丘の上の非常口

岩崎迪子

思潮社

目次

I

II

装幀　思潮社装幀室

I

こんにちは

「こんにちは、こんにちは」
雨の日の玄関先に甲高い声が立つ
「こんにちは、福祉のことで参りました」
扉の向こうの声が棒になって
こちら側のなにかをこじ開けるように聞こえた
部屋の中がすこし暗くなる

「あなたの幸福のために祈りますので、ご寄付をおねがいします」

覗いてみると若い女が
満面の笑みで立っていた
どんな荷を背負って
他人の家の戸口から戸口を訪れているのだろう

生きているには理由があって
わたしは玄関の戸を閉めたまま
外の声にこたえている
「幸福なら間に合っています」
声が隣の家の扉へ歩いていった
「こんにちは、こんにちは、
背中の荷物が見えないのです」

「こんにちは、こんにちは、
荷物の中が雨降りです」

生きているには理由があって
もうひとりの自分が
雨の中を出ていった

雨があがり
歩道橋の上から
ビルの向こうに虹が見えた
人々は早足で行き交うけれど
空を見上げる人もなく
虹はひっそりと七色の橋を渡る人を待っている
生きているには理由があって

「こんにちは、こんにちは」
虹も声も薄く小さく
やがてビルの向こうに消えていった

他人のそら耳

阿房トンネルを抜ければ平湯へ出、トンネルの手前を右に曲がると釜トンネルから上高地に至る。

上高地へ行くには、乗用車の乗り入れが禁止されているので、平湯でバスに乗り換えなければならない。

隣の座席に、ピッケルを持った中年の男女が座った。

女　ラーメン代をどうして私の財布から出さなくてはいけないの？

男　だって君が食べたんじゃないか。
女　よく言うわよ、あなたが何にも考えなしに使うから足りなくなったんじゃないの。
男　わかったよ。
女　何がわかったのよ、何にもわかってないじゃない。そもそもあなたがぐずぐずしているから、前のバスに乗りそこなったんじゃないの。
男　それは……
女　何？　はっきり言ったらどうなの、ほら都合が悪くなると黙るんだから、あなたはいつだってそうやって生きてきたんだわ。

阿房トンネルを抜けると雨が降り出した。

女　傘はあるんでしょうね。
男　ないよ。
女　ばかじゃないの、山へ来たら傘を持ってくるのは常識でしょう。さっき貸した私の猫を返してよ。
男　あれはもう食べちゃったよ。
女　なんですって、もう食べた？　あきれた人ね、この間いなくなった妹もあなたが食べたのね。
男　あれは違うよ。

小さくはない女の声に気押されて、男と車内は徐々に静かになっていった。釜トンネルは狭く一方通行で、長い信号に待たされる。

女　どうしてこんなに待たされるのかしら、急いでいるのよ、間に合わないわ、待ち合わせているのよ。

男　どこで？

女　川の中よ。

男　誰と？

女　あなたに決まっているでしょう。

男　それなら大丈夫だよ、電話しとけば。

女　電話なんてあるわけないじゃない。

男　携帯ならあるだろう。

女　だからあなたはだめなのよ、あなたの携帯は、私が持っているんだから、かけたって無駄よ。そんなこともわからないの。

釜トンネルを抜けると帝国ホテルが見えてきた。

男　一度はあんなホテルに泊まってみたいな。
女　何言ってるの、去年、泊まったじゃないの、縁の下だって、一泊は一泊よ。

バスが上高地に着くと、ふたりは手をつないで河童橋の方へ走っていった。

馬

馬の口に頭から入り
尻の穴から出るという男がいる
そんな奇術は見たことがないと言うと
近くの公園でやっているという
連れられて行ってみると
人だかりができていた

桜の木に馬が一頭つながれて

所在なげに
花びらまじりの草を食んでいた
風が吹いて木洩れ陽が
馬の背に話しかけるようにチラチラ落ちる

痩せて目だけが大きい男が
平凡なトランプや
コインの手品をやっている
このあと　このあとと言いながら
一向に馬の口に入ろうとしないので
人だかりはだんだんに崩れて
わたしと友人だけになった

帰ろうとすると泣き顔になり

今は馬が
その気になっていないからと言う
馬の首をなでながら唇を寄せ
うっとりとキスをする
目をそむけると
これから　これから
とくりかえす

馬の腹に人間が入るなんて
信じているわけではないのだが
友人もわたしも
馬と男を置き去りにできない気がしてきた
馬の目に夕陽が落ちて
風が冷たくなってきた

馬がじれていななくと
濃い夕暮れが公園をつつむ
いよいよ帰ろうとすると
わたしたちの背中で
男がきっぱりと言う

それなら馬を呑むからと

夢の中で一頭の馬が産まれ落ちる
なぜかわたしが産んだものだと
濡れたくるぶしが
はっきりと感じていた

けころけころし考

「けころけころし考」という
百年ほど前に書かれたらしい無名の作者の本が
図書館の閉架庫にひっそりとほこりをかぶって立っていた
民俗学と伝記の間の
誰も知らないもうひとつの棚の中

いつだれが購入したのか
あるいは利用者からの寄贈本なのか

もはや記録は廃棄され
蔵書目録からもはずされていた

検索不能な本のありかを
知っていたのはわたしと姉だけ
その内容は事実なのかフィクションなのか
作者は実在していたのか

棚の中で
ほこりをかぶって立っているのに
分類記号も与えられず
本の所在は忘れられていた

ある日

棚の向こうで姉の姿を見かけ
声をかけると
民俗学と伝記の間の
その角を曲がってそれっきり

棚のほこりは
そこに立っていた本のありかを示しているが
姉の存在は
昼の月のように心に浮かび
おぼろに　おぼろに
記憶の空にとけていく

風の吹かない閉架庫に
夜ひとりでいると

見えることがある
民俗学と伝記の間の
狭い路地の奥で
誰かがひっそりと姉さんを開いているのを

国会図書館

「あなたの仕事場に案内します」
と幾重にも折れ曲がった廊下の突き当たり
狭いエレベーターに乗せられた
階数ボタンの下にある鍵穴に鍵を入れながら
「この鍵を忘れると元の場所には戻れませんから
いいですね
地下八階があなたの仕事場です
お手洗いは地上に出ないとありません」

そう告げられて
ふたりきりの狭い箱
鍵穴の鍵がまわされ
扉が閉まる
自分のからだの見えない鍵穴に
他人の指の鍵が刺さった

箱に乗ってゆっくり落ちていく
落ちていきながら
足の親指に力が入る
ひと月前に階段でつまずき
昨日ポロリと生爪がはがれた右の親指だ
力を入れても
爪のない指はどこか頼りなくて

箱の底で着地点をさぐっている

「鍵を忘れたら、元の場所には戻れません」
地上へ登っていく箱の上には空がある
地下へ降りていく箱の下には空がない
どこまで降りても箱の中

「お手洗いは地上に出ないとありません」
どこまでも底のない地下室へ落ちる
のだとしたら
足の指から胃袋が飛び出すのだろうか

「あなたの仕事場に着きました」
目の前が明るく開けて

地下八階の扉が開く
そこには百三十年前からの新聞が
年代順に眠っているのだ
あるはずなのに検索できない新聞が一枚
どこかに紛れ込んでいて
それを捜すのが仕事だという

案内してきた職員が地上へ去り
果てしなくつづく新聞の棚にひとり
明治四年横浜毎日新聞
土埃の路上で迷い
大正元年あたりで昼休みになる
「お手洗いは地上に出ないとありません」
気がつくと

元の場所へ戻る鍵が
どこにも見当たらない

ベランダ

ベランダにハトが来る
追っても　追っても　ハトが来る

ベランダに雨が降る
傘をさしても　傘をさしても　雨が降る
ベランダに風が吹く
扉を閉めても　扉を閉めても　風が吹く

ベランダに夕陽が落ちる
拾っても　拾っても　夕陽が落ちる
ベランダに夜が来る
振り払っても　振り払っても　夜が来る

ベランダに人が来る
追い返しても　追い返しても　人が来る
知っている顔も　知らない顔も
ベランダに登ってくる

ベランダにハトが来る
追っても　追っても　ハトが来る
ベランダに過去が登る
忘れても　忘れても　過去が登ってくる

ベランダに太陽が昇る
目を閉じても　目を閉じても　太陽が昇る
鍋のふちから
朝陽が吹きこぼれている

コトリ

もう　食べられませんと
コトリ
箸を置くように
満ち足りて生を終わらせたい
そう願っていても
コトリ
転がるのは
迷い箸のように
生活の皿の上を

行きつ戻りつした　枯れた二本の脚だ

そんなことを言いながら
夕食の献立を気にしている母よ
たしかに
うつらうつらの時間が長くなり
コトリ
読みかけの本を膝に落としたりする
拾い上げると
窓の外が赤くなっている
小学校の裏庭に
コトリ
落ちる夕陽を
拾いに行こうと母を誘った

みどりの五月

五月のみどりが美しい朝
わたしたちは母を餓死させた

好物は
天ぷらにトンカツ
少しの冗談と推理小説
うんざりするほど丈夫な胃腸
あきれるほどの明らかな脳

今は米一粒、水一滴もほしがらず
一言の冗談も口にできない

点滴の針が抜かれ
固形物は
白くて細い人さし指で
しわだらけの穴から丹念に掻きだされた
乾燥して痒い皮膚にワセリンを塗る
内臓も痒いのだろうか
だがワセリンを塗ることはできない
ただわたしたちは
蒸発していく母を見つめていた

家族は老衰と言い

親戚の者たちは大往生と称賛した
笑い顔の遺影は
死に顔の過去と
残った家族のいさかいを隠してくれる

息を引き取る瞬間を
眠りこけていた家族は見落とした
これは孤独死だろうか
いや
誰もがひとりで死んでいくのである
孤独死か孤立死か
発見されるまでの時間が決める

そんな時が

わたしにやってきたら
機嫌良く死にたいものだ
それが夜だろうと
昼だろうとかまわない
それが病院だろうと
ひとりの山道だろうが
機嫌良く死にたいものだ

五月のみどりが美しい朝
わたしたちは母を餓死させた
母は機嫌良く死ねたのだろうか

センチメンタルホスピタル

通勤途中の線路際に
小さな公園がある
その隣に五階建ての病院が立っている
すべての窓に
クリーム色した
美しい蔦の形の鉄格子がはまっている
西武新宿線
小川駅と萩山駅の間

電車の窓から見えるあの病院
あくびひとつする間に見える
通りすがりの
あの病院へ見舞いに行こうと思った
誰も知り合いはいないのだが
あの病院へ見舞いに行こうと思った
花束かかえて

五月の青空の朝
食事を済ませ
どこにも痛みのない心で
あの病院へ見舞いに行こう
線路沿いの桑の木では
おびただしい果実を

ムクドリの群が
騒がしくついばんでいるだろう
地面が紫色に染まる
洗いざらしの白いTシャツに
ムクドリの影が横切る

病院の受付で
「わたしの知り合いはいませんか」
と尋ねてみよう
答えてくれるだろうか
聞こえないふりをされるだろうか
それとも入院を勧められるだろうか

誰も知り合いはいないのだが

五月の青空の朝
食事を済ませ
どこにも痛みのない心で
あの病院へ見舞いに行こう

病室に入ることができたら
ベッドの上で静かに待とう
ムクドリの騒がしい声を聞きながら
誰を？
ここにはいないはずの友人を？
去年死んだ母親を？
それとも自分を？
ベッドの上で静かに待とう
どこにも痛みのない心で

夕暮れ時

時々
夕暮れになると
わたしの肩にそっと
手を置きに来る人がいる
それは
もういない母でもなく
ましてや昔の恋人でもない
読みかけの書物のなかの

主人公なのだろうか
それとも遠くから訪ねてくれた
忘れかけの
古い友人なのだろうか
肩にやさしく冷たい気配が近づくと
川の向こうに
闇のかたまりが姿をあらわす

そんなことを書きながら
今晩は鶏のから揚げにしようと思った
ニンニクと生姜をうんときかせて
醬油味にしてみよう
明日逢うかもしれない誰彼の迷惑なんて
考えないことにしよう

揚げたての鶏肉の
ニンニクの感情

ひとりの食事が終わるころ
ベランダまで這い上がってきた夜が
わたしの肩をたたく
朝が呼びに来るまで
影になって倒れていよう
期待しないで倒れていよう
なぜなら
目が覚めるのは
いつだって偶然だから

雨の理由

首を吊りそこねて
首から腕を吊っていたイトコの
消息は聞くなと親たちが言う

草の匂いの山羊のミルクを
分けあって飲んだ朝
カップのなかの曇り空に
あたたかい雨を一滴

ふらせましたね
雨の理由は生きている理由になり
のどの奥でミルク色の山羊がはねて
あなたは青くさいと言って吐き出した

首を吊りそこねて
首から腕を吊っていたイトコの
消息は聞くなと親たちが言う

ある日　藤の籠をぶらさげて
あなたは「宇宙卵」を運んできた
卵を
沈む夕陽に透かしてみると
宇宙が見えるという

そこでは時間が逆流して
過去の方角へ
ひともモノもゆめも走るのだと

卵の呼吸に合わせるように
あなたの消息はあえかになり
外側の世界はかさばるものばかり
籠のなかの卵は
重みを増して
ひとのアタマほどになっている

家のなかの青い空

五月

「長い過去と短い未来」
「短い過去と長い未来」
老人と若者についてこう学んできたが
少しずつ「短い未来」の方へ
自分の年齢が近づいてくると
未来がとてつもなく永く思えることがある

食事をしたことを忘れる
排泄のしかたがわからない
家族の名前を忘れた
自分の居場所がわからない

（悲しみだけは私の在りかを忘れない）

五月の青空が降ってくる日曜の朝
きれいな老人ホームで車椅子を押しながら
最後に残る自分の記憶は何かを考えていた

（青い空につながる未来で
私の来歴は

一枚の「感情」の薄紙となって
空の果てではためいているのだろう）

せせらぎ

感情が失禁するのです
いきなり悲しみや怒りがわけもなく
あふれ出すのです
涙にはおむつがあてられないので
ハンカチをあて
肩を抱きます
彼女はとてもやさしい人だから
車椅子の隣人の足を揉んであげる

肩も腕も心をこめて
そして車椅子のタイヤも揉んであげます

彼のしわ寄った排尿器は
柔らかく厚い紙で大切に包まれている
長い間ベッドの上なので
排尿の音はたてられません
ただひっそりと
補聴器の奥で
せせらぎを聞いています

うしろののれん

「ゆ」と書かれたのれんが
空から吊り下がっている

山道を登って行くと
左に折れる場所があり
岩の間に草が生えて
道より少し高い広場になっている
そこに大きなのれんが下がっていた

山の温泉宿がこの先にあるというのだ
建物もない中空から
のれんが下がっている光景は
唐突だが
この世のあちこちにも
さまざまなのれんが
空から吊り下がっているではないか

「楽」やら「嬉」やらののれんをかき分けて
向こうの世界へ入ったり
「苦」だの「悲」だのをかき分けて
『いらっしゃい』と迎えられたりもする
「生」というのれんをくぐって

「死」というのれんにたどり着くまで
うしろののれんはくぐり直せない
前へ前へとかき分けるだけ

くぐり終えたうしろののれんは
見ることはできないが
連綿とつづいており
風に吹かれてはためいているのは
背中の産毛が感じている

どんな文字が書かれていても
私を前に進ませるもの
うしろののれん
隙をみて蹴飛ばしてみたいが

その時は私自身が
うしろののれんになって
中空からはためいているのだろう

Ⅱ

果てしない冬の朝

昭和七年　果てしなく青い冬の朝
公園でギンが死んだ
男物の下駄を右足に
左足には女物を履いて
ボロをまとって横たわっていた

若い頃の美しさはどこにもなく
垢まみれの老女が棒になって転がっている

荷風が若い女を連れて通りかかり
ギンにけつまずいたが
汚い棒は棒だけのこと
一瞥もしないで馬道通りへ去っていく

銘酒屋　造花屋　絵葉書屋
と売り渡されて　あとは公園の露の下

若い頃　ギンに心中をもちかけ
断わられたオトコも
木賃宿から橋の下
墨田川まで追いつめられていた

なにがなにしてなんとやら

土手で唸るオトコの頭上に
紙の月がぬっと出た

なにがなにしても
なんともならないのである

追いつめられていた
世界に追いつめられながら
季節の果てで唸っていた
橋の上に下駄をそろえて置いてきたのに
だれも探しには来ない
長屋からマンションへ

木賃宿からビジネスホテルへ
この街ではだれだって流れていくのだ

果てしなく青い冬の朝
ボロをまとった棒が公園で転がっている
人は　汚れた棒にけつまずきはしない
影になって飛び越えていく

棒の目から影が去ると
土手に生えたいくつもの高層マンションが
ゆらゆら揺れてうつくしく
今にも爆発しそうだ

月に曳かれて

ウツで退院した友人が
ソウに罹って再び病院へ

病院から住所のない手紙が届く
ウツの河に足を踏み外し
やがてひきあげられ
月に曳かれてソウの空に昇る
誰だって生きて行く橋は

ウツの河とソウの空の間に架けられて
そろそろと渡って行くのだ

手紙を読んでその足で
落語を聞きに寄席に行く

するってぇとなにかい
するってぇとあれだな

ひとの生き死には唐紙一枚ってとこだな
ところでおめえのかみさんは
まだ息してるのかい

息してるどころか

いま表であいさつしたじゃねえか
まばらな客の拍手が
胸のなかで雨だれになって落ちる

するってぇとなにかい
するってぇとあれだな

答えの出ない問題が
寄席の出口で渦巻いて
昼のひかりとぶつかり
わたしの顔にふりそそぐ

収穫

秋になって
右の乳房は収穫された
谷底をすべるうつくしい果実

見舞いの友よ
そんなに悲しい顔をしないでおくれ
とりあえず
死という種はとり出したのだし

少しばかり
果肉が熟しすぎただけ

果実の不在を示す傷口には
温もりのある保冷剤がおさまり
ジェル状に実っている
種のあたりが時々痛んで
「私」の居場所を叫んでいる

来年の秋には　友よ
果実を収穫に行こう
展望台から見える盆地に
うつくしい乳房が　陽をあびて
たわわに実っているだろう

そして
新しい秋が
口いっぱいに果汁をあふれさせ
私を抱くだろう
それまで　時間の指よ
私を　こぼさないでいておくれ

今夜の羊

（柵を飛び越えてくる羊を数えているうち
ツノのことが気になってきた
どの羊にもツノが生えているが
ツノが生えているのがオスだとすると
羊にはオスしかいないことになる
メスもいるに違いないと
ツノのない羊とツノの生えた羊を
交互に数えることになってしまった

そうなると今夜はますます眠れなくなり）

眠れぬ夜は
砂男を呼び出して
まぶたの上に砂をかけてもらいます
すると
価値がなくても意味のあるゴミとか
意味がなくても価値のあるコトバとかが
からだ中をかけめぐって

「時々、私は深いところへとどんどん運ばれている」

からだの内に満ちてくる未来と
からだの内から引かれていく過去が

眠りのあいだでせめぎあい
朝が産まれるというのだが

「過去から来た時間の真只中で
私は私自身に向かっていく」

（鏡は液体で出来ているのだよ。うそだと思うなら
千年前の鏡を割って裏を見てごらん
鏡の底には流れ出した金属が、オリのように溜まっているよ）

眠れぬ夜は
砂男を呼び出して
まぶたの上に砂をかけてもらいます
すると

千年前の羊の群れが
液体になって胸のなかを流れていきます
羊の行方を追ってはいけません
鏡の向こうに過ぎ去ったものたちが
私をつかまえにくるからです

にぎやかな月

夜更けの台所で
立ったままビールを飲む
にぎやかな月の祭りが遠くへ去って
入れ違いに
眠れない夜がやってきた

窓の下では
二匹の猫が鳴き交わしている

猫が仔猫を産み
じきに仔猫がまた猫を産む

あたりまえの営みが
あたりまえの時間のなかを
忍び足で塀の上を歩いていく
生涯に悔いという杭を打つなら
どのくらいの時間まで戻るのだろう
まだ目が開かないで
ただミーミーと
母猫の乳房をさぐっていた頃なのか
あるいは
初めての交尾の時か

夜更けの台所で
立ったまま手紙を読んでいる
「あなたは今どこにいるのですか
暮らしの場所ではなくて
魂の在りどころを知りたいのです」

聞かれても答えたくないことがあり
新しいビールの缶をあける
かまわないでくれないか
自分が産まれてくる泡立つ暗がりに
今から
鼻を突っ込むところなのだから

衣かつぎ

ゆでたての衣かつぎの皮をむく
白い頭をつるりと口に入れる
衣かつぎはおいしい
こびとの頭をつるりとむいて
口にほおばる
衣かつぎはおいしい
こびとの頭はもっとおいしい

ことばは人を追い詰める
衣かつぎはこびとの頭を追い詰める
こびとの頭はほうれん草を追い詰める
ほうれん草を追い詰めたあの子のことばは
どこの家の戸口に消えたのだろう

ことばが煮詰まってしょっぱい海馬が
ラジオから流れる人生相談のことばを聞いている
胸元まで悲しみの水が迫って
溺れそうになっている人の
声を聞いている
他人の人生が
右耳から入って左耳から流れでる

蛇口の水がステンレスをたたく
あふれたことばが
キッチンにいる人を追い詰める
シンクの中でおぼれているのはこびとの頭
こびとの頭をつるりとむいて
口にほおばる
衣かつぎはおいしい
こびとの頭はもっとおいしい

おとこの腕

「おそばに寄りそって、
おそばになんにもいないようにしてますわ。」
川端康成「片腕」

男の右腕を枕にしていつのまにか眠っていたようだ
髪の毛を耳のうしろに集めて男の手首に耳をあてると
脈を打つ音が聞きとれる程の静けさが部屋に沈んでいた

「君は枕があるのにどうしてそんなものに頭を乗せているんだ、
そんなものを枕代わりにしてよく眠れるね」
「あなたの腕枕が一番良く眠れるのよ」

「冗談じゃない、そんな気味の悪いものは僕の腕じゃないよ。
僕の腕なら君の頭の重みを感じているはずだよ」
何にも感じないのは別の男の腕だからだろう、
どこから持ち込んだ、
と言ってきかない男は私の頭を腕からおろすと
自分の右腕を左手でつねってみたり
私に噛み付いてみてくれと頼んだりした
「いいえ、この血はたしかにあなたの血よ」
うっすら唇についたものを男の左腕に撫で付けても
どうしてもこの右腕は自分のものではないと
混乱するばかりで認めようとしない
やはり他人の腕に違いないと
自分の右腕をベッドから床に投げ落とした
腕のあとから転がり落ちたのは右腕につながったままの

男のからだだ

男の消息を聞いたのは
会わなくなって長い時間が経ってからだ
地面に向かって落ちていくとき
男は自分の頭を
他人の頭のように殴りつけていたのだろうか
男の手首で脈打つ音が静かな部屋に今も沈んでいる

逃げ水

水の乏しい武蔵野に
逃げ水という現象があり
川の流れがいつの間にか消え
遠く離れたところに
忽然と湧いたという

わたしという砂礫層には
小石を積み上げてできた背骨が

時間に埋もれてひっそりと立っている
そのあいだを
さらさらと流れる悲しみや
ふつふつと湧く喜びが
顔を洗うたび
指先からこぼれ落ちる

逃げ水

いつの時か
どんな場所で
わたしの細い路地を通り
その水がからだに入ってきたのか
風はその時どちらから吹いてきたのだろう

光はなにを照らしてきたのか
影になって横切っていったひとの顔
あるいはひとの顔に
かげりを落としたわたしの行為

小石を積み上げてできた背骨が
風の一撃でくずれおちる時
逃げ水は　とおく　とおく
誰もいない静かな場所で湧くのだろうか

ゆび

赤ん坊が親指をしゃぶっている
親指は赤ん坊の唇をなめていた

「あそこ」
と恋人が指を差す
指差された「あそこ」は
「あっち」の方角へ
顔を向けている

自分の顔を鏡に映す
鏡は他人の顔をかぶってこちらを見ている

他人の顔には記憶が欠けて
欠けている記憶は索引として
時間の書物に折り畳まれている

海の時間が魚の腹を満たしている
夜になると
浜辺の波が潮をつれて
魚の腹を舐めにくる

鰯の腹がまな板の上で切り裂かれる

まな板は全身で包丁と闘う

人さし指が背中をなぞっている
背中は次のことばを待っている

山脈を湿った舌が舐めにくる
空の唇が雨のことばで埋め尽くされた

手紙は必ずあて先へ届く

「手紙は必ずあて先へ届く」
ものだと聞かされて
少年の胸に不安が芽生える
夢のなかの奇妙な現実が
夜を走り
朝の戸口へ
手紙になって届くのだろうか

果てしない青のつらなる空の下
畑のキュウリを握ると
まんなかが腐ってちぎれ
生き物のように
足もとへ転がる真昼時
葉も蔓もアオアオと付けたまま朽ちる
ということを
湿って暑い畑のなかで
ぼんやりと考える

「手紙は必ずあて先へ届く」
ものだと知って
少年の胸に老いが生まれる
昼間見た奇妙な光景が

手紙になって追いかけてくる

夕暮れの冷蔵庫
開ければ果てしない海の向こうに
夜が浮かんでいる
そのなかへ入ったままの母親は
まだ帰らない
さざ波と潮風が
魚の横腹を撫でていく

眠っている少年の胸に手紙が届く
届いたことさえ知らずに
死んだように眠っている

遺伝子のお告げ

歌舞伎町をぶらついていると
三丁目の角で占いの女に呼び止められた
「あなたの未来を占いますよ
明日のあなたの運命も十年後の病もわかります」
机の上に
「遺伝子占い」という小さな札が立っていた
面白そうなので占ってもらうことにする
口の中の粘膜を綿棒でこすると

別室へご案内しますと
ビルの二階へ通された
しばらく待っていると白衣の若い男が
紙を持って現れた
「ここにあなたのすべてが書いてあります」
読むと　学歴　収入　家族　性格が書かれており
ほぼ当たっている
「ここから先はあなたの未来情報
お知りになりたければ割増料金になります」

指定された金を払うと
おもむろに読み始めた
「この結果
あなたのＤＮＡ塩基配列ＴＣＦ７Ｌ２遺伝子には

糖尿病のリスクが32％あります」
確かに父はそれが命取りになった
「この先の癌のリスクをお知りになりたいのなら
さらに割増料金が必要です」
財布の中身を確かめているうち
あることを思い出した
遺伝子検査の結果
健康な乳房を切除したひとがいることだ
もしそうなったらどうしようと困惑していると
「これはあなたの命の行く末がかかっているのですよ」
とせかされてしまう

だが癌はあらゆるところにできるものなので
臓器にリスクがあるとわかったら

取るのだろうか
脳は？
血液は？
などと考えていると混乱して
知ることは恐怖に変わった
「これ以上の情報は知りたくありません」
と言って帰ろうとすると
「あなたのＤＮＡは変えることができるのですよ」
とにこやかに男はパンフレットを取りだした
「ここで研修を受ければ後期獲得遺伝子は変化させることができます」
パンフレットのタイトルは
「遺伝子の中には神様がおわします」

外に出ると雨が降っていた
今日の天気予報は降水確率10％だったので
傘はない
駅まで濡れていこう
ここで雨に濡れるという選択をするのも
遺伝子のお告げなのだろうか
歌舞伎町のおびただしいネオンが
塩基配列のように点滅している

カチカチ山の非常口

去年は母親
今年は兄と
毎年　毎年
喪中ハガキを出していると
背中の薪に火をつけられた
カチカチ山の
タヌキの気持ちにもなろうというものだ

時間という名の
性悪な処女ウサギが
正月になると
おめでとうの松明を振りかざして
追いかけてくる

津島修治の真新しい卒塔婆を
風呂の焚きつけにしちまった
と婆さんになったウサギが言っていた
玉川上水の万助橋のたもとで聞いたという
去年の母の遺言だ
あの頃は薪がなくてネ
しおたれた長い耳を震わせていた

ウサギの罪は
老いても死ねない処女ウサギ
という罰であがなわれたのだろうか
赤ん坊はいつだって老いていく
タヌキはくるぶしが痒い
くるぶしも痒いけれど
背中はもっと熱い
カチカチ山の非常口はどこですか
延命という名の明るい絶望に向かって
今日もタヌキは叫んでいる

丘《おか》の上《うえ》の非常口《ひじょうぐち》

著者
岩崎迪子《いわさきみちこ》
発行者
小田久郎
発行所
株式会社思潮社
〒一六二―〇八四二　東京都新宿区市谷砂土原町三―十五
電話〇三（三二六七）八一五三（営業）・八一四一（編集）
ＦＡＸ〇三（三二六七）八一四二
印刷所
三報社印刷株式会社
製本所
小高製本工業株式会社
発行日
二〇一四年七月十五日